# ENFANTINES

## MILITAIRES

### POÉSIES

### Par Augusta Coupey

### N°2

PELLERIN & C.ie ÉPINAL.

# ENFANTINES

# MILITAIRES

## POÉSIES

## Par Augusta Coupey

### N° 2.

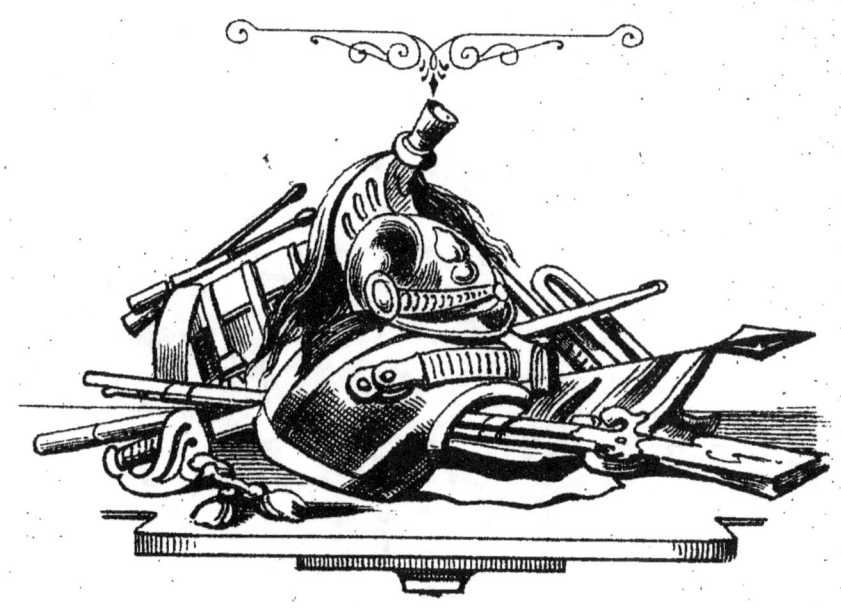

Le Képi.

# Le Képi.

Avec teint pâle ou teint d'api,
On est joli sous le képi.
S'il me coiffait, ma mine fière
Tromperait le factionnaire,
Il me prendrait pour l'officier
Commandant en chef le quartier,
Et me présenterait les armes ;
J'aurais le salut des gendarmes,
De l'artilleur, du grenadier,
Bref ! je serais quasi troupier.
Pressé de jouir de la fête,
Dans ma hâte qu'on me l'achète
Je vais déformer mon chapeau
Pourtant si neuf, pourtant si beau.
Et demain j'aurai mine fière
Avec le képi militaire.

Savoir Souffrir.

# Savoir Souffrir.

Poussé par Arthur, par Rosine,
Dans l'escalier de la voisine,
J'ai marche à marche déroulé
Et le poignet me suis foulé.
J'allais pleurer cette misère
    Près de ma mère.
Me ravisant, je me suis dit :
    Conscrit
Vous vous vantez tant d'être brave,
Et pour un accident peu grave
Vous sanglotez comme poupons
Exigeant sucres et bonbons.
C'est honteux, montrez du courage,
Soyez un homme de votre âge
Qui sait qu'au champ d'honneur on ne peut bien mourir,
Quand on a pas appris de bonne heure à souffrir.

# Le Salut militaire.

## ENFANTINES MILITAIRES.

# Le Salut militaire.

—◄ ►►►◊◄◄◄ ►—

Je sais parfaitement faire,
Le beau salut militaire.
L'on s'arrête, et des plus droits,
Du revers des quatre doigts,
On touche la jaune gance
De son képi d'ordonnance.

Petit, m'a dit, ce matin,
Le bel officier blondin
Qui traversait notre rue
Pour se rendre à la revue;
A ton salut régulier
Je t'ai pris pour un troupier.

Bébé.

## ENFANTINES MILITAIRES.

# Bébé.

Lecteur si vous êtes discret,
Je vous confierai mon secret.

J'avais un oncle militaire
Qui s'appelait l'oncle Clotaire.
Son grand sabre de régiment
Luit à mes yeux magiquement.
Je le mesure, le regarde,
J'en contemple surtout la garde,
Et me promets dans l'avenir
    De m'en servir.
L'ennemi verra triste fête,
D'un coup je trancherai sa tête,
Il en mourra, le savez-vous?
Mais que ce soit dit entre nous,
Ne courez pas conter la chose
A maman, à ma tante Rose,
Non plus qu'à mes sœurs Augusta,
    Ninetta,
Aussitôt qu'on leur parle d'armes
Les femmes ça verse des larmes.

# La Sentinelle de 14 ans.

### (Historique.)

C'était la nuit,
Passé minuit,
Heure sombre et mortelle
Droit, l'arme au bras,
Sans faire un pas
Veillait la sentinelle.

Gardien du camp,
Le brave enfant
Perçoit dans le silence,
Bruit de fourmi,
C'est l'ennemi
Qui lentement s'avance.

A forte voix,
A travers bois,
Il va donner l'alarme,

Pour que debout,
D'un bond, partout,
Le camp s'éveille et s'arme.

Mais menaçant
L'adolescent,
L'officier le défie,
Au premier mot
Prononcé haut
S'en est fait de sa vie.

L'acier luisait,
Le cœur visait,
Mais riant au martyre
Dans ce seul cri
« A l'ennemi! »
La sentinelle expire.

Et le camp fut sauvé! gloire, gloire au héros
Qu'on admire et qu'on aime,
Quand vous serez soldat, aux meurtriers échos
Enfants jetez votre âme en un adieu suprême.

# La Sentinelle de 14 ans.
### (Historique.)

# Le Trembleur.

Georget serait content d'être un beau militaire,
D'avoir un long fusil, des sabres, des schakos,
Mais il est moins ravi des hasards de la guerre
Où l'on peut, pleure-t-il, attraper des bobos.
Ce cher petit ami ne souffre pas les bosses,
Les horions, les coups, il tremble pour un bleu;
Et le poltron fini ne se voit pas aux noces
Lorsque l'ordre donné tous les canons font « feu! »
Aussi, croyez le bien, sur le champ de bataille
N'ayant pas du troupier la valeur et l'esprit,
Georget mis en soldat ne ferait rien qui vaille .
Sans le courage hélas, inutile est l'habit.

# Le Trembleur.

# En Retraite.

Quand j'aurai servi la patrie
Pendant quarante ans de ma vie,
Lors ma retraite je prendrai
Et bien heureux m'en trouverai.
Ancien chevronné des Zouaves
J'irai planter mes choux, mes raves,
Dans un village, au fond des bois,
Loin du gouvernement, des lois.
Mais il faut avant qu'on s'engage
     Et qu'on voyage;
Puis assister à des combats
Où l'on vous casse jambe ou bras
(Un militaire sans blessure
Cela n'a pas bonne figure)
Hélas! ces malheurs à courir
Ne semblent pas devoir venir.
Je m'en dépite et je répète:
Quand donc aurai-je ma retraite?

. . . . . . . . . . . . . . . . . . . . . . . . . . . .

Monsieur le *Temps* dépêchez-vous
De m'envoyer planter mes choux.

LE SOLDAT LABOUREUR

# En Retraite.

# LIVRES D'IMAGES.

## NOUVELLE COLLECTION

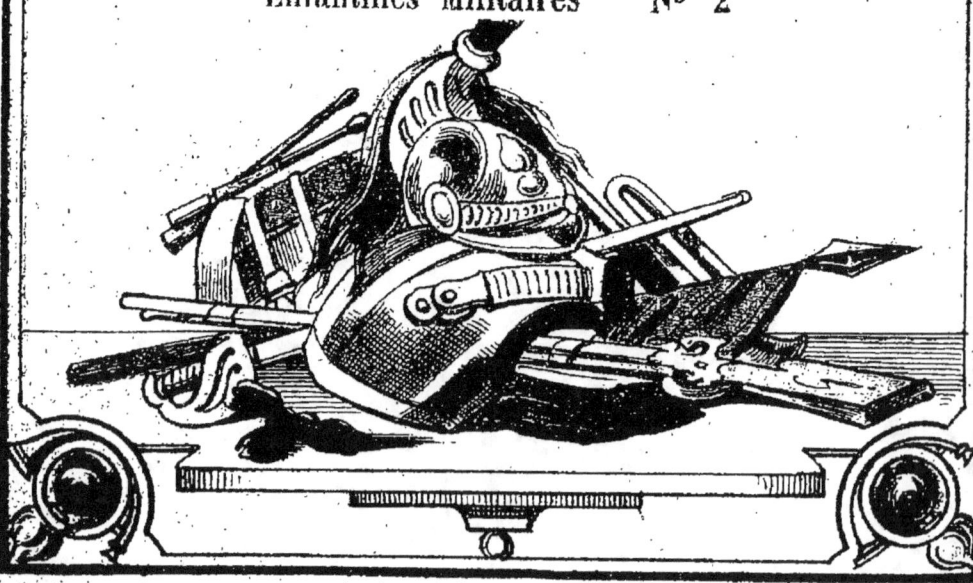

www.ingramcontent.com/pod-product-compliance
Lightning Source LLC
Chambersburg PA
CBHW061525170626
46811CB00004B/1841